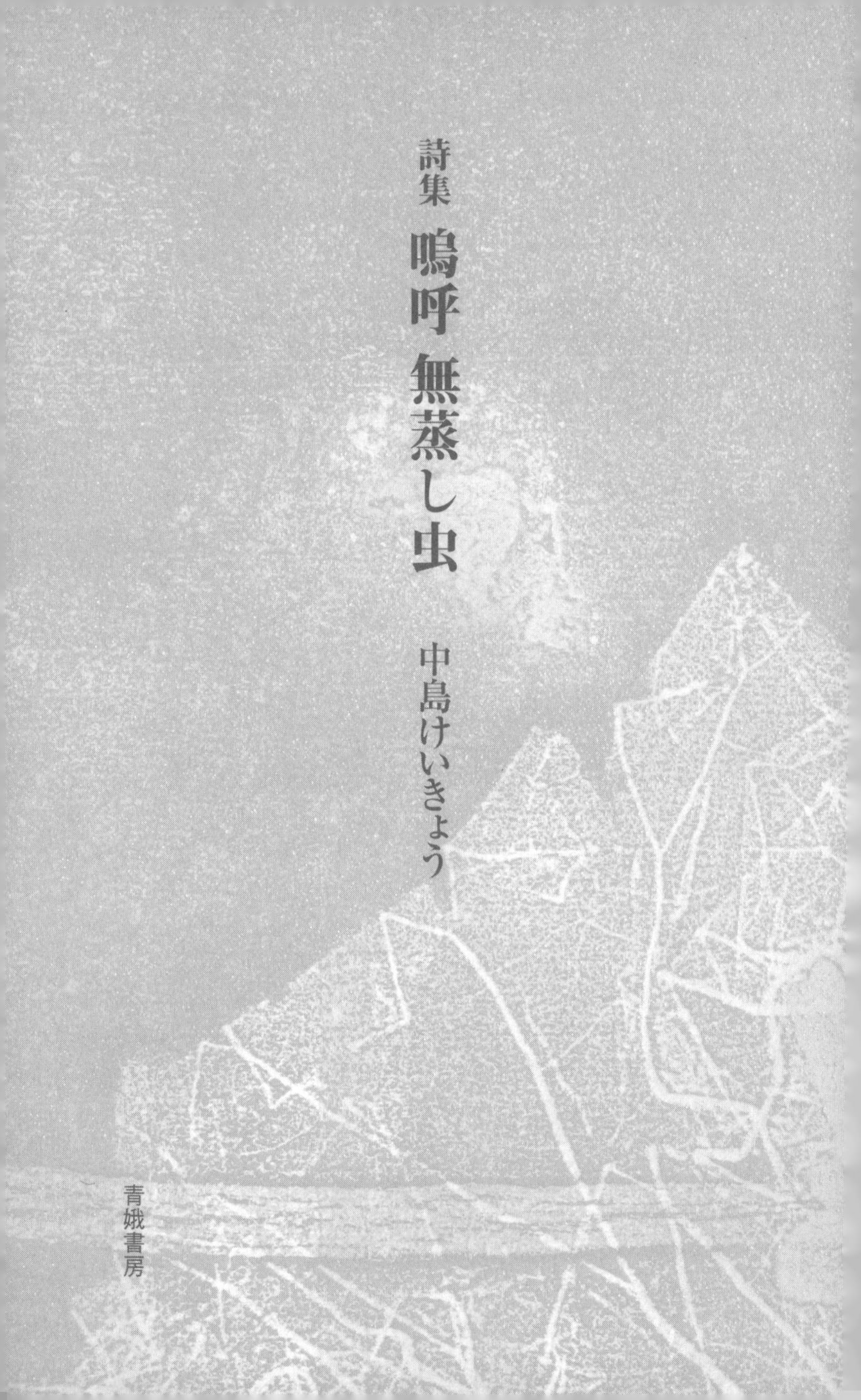

詩集

鳴呼 無蒸し虫

中島けいきょう

青娥書房

もくじ

初期詩篇

詩への架け橋

アア　ムムシムシ

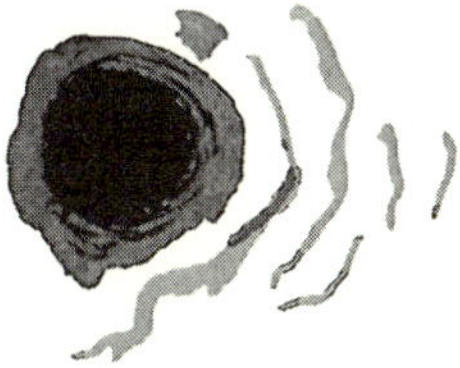

山桃の叢に

風雪が駆け降りる
崖に向かって
山桃の叢に
食いついて離れない
ぼくの視野に
さらなる過激な
狙撃手の
出現を待つ

あきらかなる目覚め

打つ波濤の先端に
光るきみの世紀の甦り
孕める太古の空隙に
さらなる過激な
狙撃手の
出現を待つ

その覚醒

そしていっそう煩瑣な
領域の
未知に向けて
畳々として
過剰なるぼくの眼球を
透かして

山桃の叢が
さらなる過激な
狙撃手の
出現を待つ

そのときあきらかなる
目覚めに
向けて

いま　ぼくらは

こどもらが　嬌声を　あげるとき
ぼくらは　沈思する

こどもらが　悲痛に　喘ぐとき
ぼくらは　至福を　思う

こどもらが　碧く弾けた空を　駆けるとき
ぼくらは　地に這い　蹲《つくば》って　蟻地獄を見つめる

いったい　ぼくらは
こどもらと

どこで　繋がって
いるのか
ぼくらが　こどもであった頃
大人たちは　地に這い蹲って
その日の
餌食となるものを
探していた

そして

ぼくらは　空腹を　抱えながら
ただただ
涙をながす　空を　見つめていた

そして
大人たちは　深い穴を　掘って
暗闇のなかから
石炭の　ひとかけらを
拾っていた

そして
ぼくらは　竈を
前に
いつまでも
待った

そして

疲れきった身体を　引きずりながら
大人たちが
わずかな芋と　燃料のひとかけらを
握って戻る　そのときを
ひたすら
待った

そして　いま
弾けた空の下で

こどもらが　嬌声をあげるとき
ぼくらは　沈思する

だから　そのとき

だから
そのときいっただろう
天空にこだまする
鶯の初鳴きは
さびしいと

だから
そのときいっただろう
駿馬のいななきの
天空を切り裂く
せつなさを

そして
はじまる
幾万光年かの
位相のなかの
きみとぼくと

きみは癒しがたい
トラウマをかかえ
天空に
思いをはせて

だから
いわずにいた
深淵に根ざした

滑稽な
ぼくの思いの数々を
このＢＯＸにしまって

野糞

早朝の
清冽なる空気を吸って
かれら
大地の民
シヴァの
神の民
ナニ糞と
ゆうべ食らった
貧しい
食餌を
大地に跨《またが》って

ゆるゆると
いっせいに
捻りだす

糞も屁ったくれも
あるもんか
そこに
インド
早朝の清冽なる空気を吸って

—ラジャスタン州・冬—

ドゥルガーの大鍋

もし
きくみたちが
コルカタや
ムンバイで
心から
インドで
ありたいと
願うならば
喧噪に満ち
汚穢にまみれた
そのバザールの

隘路を
まずは
履物をすて
裸足の
その足で
歩いて
みることだ

ドブ板を
駆けまわる
ネズミと
その死骸を
踏み分けながら
裸足の
その足で

歩いてみることだ

もし
きみたちが
コルカタや
ムンバイで
心からインドで
ありたいと
願うならば
痰や
唾液や
もろもろの
嘔吐物にいろどられた
その街路の
お気に入りの

舗石の上にでも
まずは
一夜の宿を
見つけ出すことを
お勧めする

ビハールや
マハーラシュトラの
村落から
あぶり出され
沸き出した
ものたちのあいだに
まずは
一夜の宿を
見つけ出すことを

お勧めする

そして
もし
きみたちが
コルカタや
ムンバイで
心から
なお一層
インドで
ありたいと
願うならば
カーリー寺院における
黒い山羊の
生贄のごとく

血に飢えた
その神に
その身
そのリンガスをも
捧げる覚悟でもなければ
ならないはずだ

この大地が
焼け焦げるがごとく
熱せられ
炙られる
鶏のごとく
きみたちも
その表皮を炙られ
その腸を

手や脚足を
その頭蓋を
ぐつぐつと
ドゥルガーの大鍋で
煮上げられる
その覚悟でもないかぎり
インドは
きみたちから
かぎりなく
遠ざかる

知るがいい
インドは
四千年にもわたって
ごった煮の

大鍋を
きみたちに
用意しているのだよ
ドゥルガーよ
カーリーよ
そしてシヴァよ
ヴィシュヌよ
そのごった煮よ
灼熱の大地よ
ガンガーよ
悠々とあれ

四諦八正道

「注文を
出してからが
大変だった。」
先輩である友が
二十年前を
懐かしく
反芻しながら
語りだす

「朝　起きて
当然　腹がへっている。

洗顔をすませ
朝飯を注文する。
ネパールの
田舎で
民宿したときだ。」
二十年後の
インドで
かれは
大型バスの座席に
身を沈め
窓外にひろがる
ヒンドゥスターンの
大平原のさなかにいて
われらに語る

「驚いたことに
注文を聴いてから
すべてが始まったんだ。
亭主が
タキギを
外から運び込み
おもむろに
火を
竃に起こすんだ。」
忘れていた
インドの時間を
いま
われらのまえで
思い出す

焼き上げたばかりの
温かいナンに
ちょいと辛いが
よく火のとおった
ダールのカリー
そして
温かいチャイ
申し分ないが
腹に納まるには
ちょいと
時間がかかりすぎた
「朝の
　空腹を満たしたのは
　やっと
　昼どきだった。」

インドの時間のなかで
インドの時間について
先輩である友は
二十年前の
旅の
思い出を
懐かしく
反芻しながら
語る

「変わったかな
　この国は。」
二十年後の
インドを
旅しながら

いま
かれは
二十年前に
ふわりと
軟着陸する
そして
諦め顔で
《諦観》とは
インドの
思想だったと
観念する
四諦八正道
初転法輪
アニャータ
そうだ

マハーヤーナ
すなわち
《大乗》とは
まさに
いま
われらを運ぶ
この大型バスではないかと
窓外を
ながれる
ヒンドゥスターンの
大平原の
景観のそのさなかに
われらを乗せた
車は
いっしゅん

空転し
宙ずりとなる
昼と夜とが
かさなりあい
光とやみが
溶解し
淡く拡がる
光芒が
車内を
染めあげてゆく

無音の
薄明の
時間のない
時間を

通り抜け
われらを乗せた
大型バスは
ヒンズー語や
ウルドゥー語
ベンガル語や
パンジャビー語
ラージャスターニー語を
囀る人たちの土地を
ひたすら
走る

「ほんとうに
注文を
出してから

大変だった。」
先輩である友が
あらためて
二十年前の
思い出を
懐かしく
反芻する

漁　場

とり繕うこと。
けたたましい鳶が爆ぜる。
ゆたゆた波が　波頭が、
つつつっと、
投げた目の先を
ことごとに、
たゆたって　たゆたう。
海の
ある
ここ。

たゆたゆって、
掌を翻すかのように
掠めていく。
明澄に、
思考が天空を
一回転して落ちる。
その隙をついて、
海鳥の
影が鋭角に、
横ぎる。

ここに
存在したはずの
海。
失神した海を

懸命に繕う網元が、
漁師どもを
奈落に落とすことも
いとわない季節が、
すでにやって来ている。
ここは西の海。

そんな夏があった

目ざす棚の上に
その夏は
あった。
分厚くファイルされた
その夏を
手にとったその掌に、
摂氏四十五度の
熱暑が
焼き印された。

碧天の下。

壮大に
干からび、
割れるように
蝉どもが、
わめき散らす。
その夏に
その戦は、
終息し
終結したのだった。

二つの大きな都市の
頭上で、
あってはならない
熱線が
炸裂し、

地上のありとあらゆるものを
焼く尽くし　爛《ただ》れさせ、
死滅させたのだった。
そこに
神は不在であった。

痙攣する魂のかたち。
時の鋳型にはめこまれた
髑髏。
焦げ残った
手足。
灰燼のなか
風に晒されるコンクリート片。
銃と竹槍。
烈火にバケツ。

そこに
神は不在であった。

その夏に
その戦は、
終息し
終結した。
おびただしい死者を
野に晒し　海に沈めたまま。
その夏は
ときに　生きながらえた者たちによって、
分厚くファイルされ、
この棚の上に
神の不在のまま
保管された。

どこへ

ねたみねたみねたみ
やっかみやっかみやっかみ
そねみそねみそねみ
うらやみうらやみうらやみ
うらめしうらめしうらめし
うらみうらみうらみ
いらだちいらだちいらだち
にくしみにくしみにくしみ
はずかしめはずかしめはずかしめ
いきどおりいきどおりいきどおり
いかりいかりいかり

そしりそしりそしり
さげすみさげすみさげすみ
いさかいいさかいいさかい
あらがいあらがいあらがい
あらそいあらそいあらそい
ののしりののしりののしり
いくさいくさいくさ
たたかいたたかいたたかい
それからそれからそれから
どこへどこへどこへ

類語集

嫉嫉嫉嫉嫉嫉嫉嫉嫉嫉
妬妬妬妬妬妬妬妬妬妬
羨羨羨羨羨羨羨羨羨羨
恨恨恨恨恨恨恨恨恨恨
怨怨怨怨怨怨怨怨怨怨
憾憾憾憾憾憾憾憾憾憾
苛苛苛苛苛苛苛苛苛苛
憎憎憎憎憎憎憎憎憎憎
辱辱辱辱辱辱辱辱辱辱
憤憤憤憤憤憤憤憤憤憤
怒怒怒怒怒怒怒怒怒怒

忿忿忿忿忿忿忿忿忿忿
謗謗謗謗謗謗謗謗謗謗
誹誹誹誹誹誹誹誹誹誹
譏譏譏譏譏譏譏譏譏譏
蔑蔑蔑蔑蔑蔑蔑蔑蔑蔑
貶貶貶貶貶貶貶貶貶貶
諍諍諍諍諍諍諍諍諍諍
抗抗抗抗抗抗抗抗抗抗
争争争争争争争争争争
罵罵罵罵罵罵罵罵罵罵
詈詈詈詈詈詈詈詈詈詈
戦戦戦戦戦戦戦戦戦戦
闘闘闘闘闘闘闘闘闘闘
噫噫噫噫噫噫噫噫噫噫
嗚呼嗚呼嗚呼嗚呼嗚呼

気配あるいは水準器

あらゆるものが歪んでいる
のは
ここが正常である
せいです。
みんなの顔色が勝れない
のは
あの水準器が正常に働いている
ためです。
やがてやってくるかも知れない
戦さについての見解が
割れているのは

あの干からびた痘痕だらけの岩石の
せいです。

だからぼくは
（いつまでも）
この席に座り続けて
いるのです。

［注］
正常＝いつもと同じで変わったところがない様子。（反）異常。
水準器＝土地の傾斜・高低を測定する道具。
見解＝物事に対する価値判断や考え方。
痘痕（アバタ）＝天然痘にかかった人の顔。小さな穴がぶつぶつと痕に残る。
岩石＝地殻を形成する鉱物の集合体。
席＝藁を編んで作ったものを「薦」というのに対して、蒲などで作った敷物の意。

お相手はジョージ

日常にあって
なお
ときとして
非日常。
ときとして
非常時。

あるいは
ときに
非常時にあって
情事。

お相手は
ジョージ。

ひたすら
ひたひた
ひたひたと。
抜き差しならぬ
情事に
あけくれて。

お相手は
ジョージ。
ひたすら
非常時にあって
情事。

ひりひり
ひりひり
あけくれて。

アア　ムムシムシ

ムシムシ
ムシムシ
ムシクダシ

ムシカゴ
ムシブロ
ムシメガネ

ムシバム
ムシル
ムシフウジ

ムシヤキ
ムシボシ
ムシノイキ

ムシムシ
ムシムシ
ムシカエシ

ムシウリ
ムシガシ
ムシオクリ

ムシクイ
ムシピン

ムシタオル

ムシバ
ムシケラ
ムシアツシ

ムシケン
ムシタテ
ムシズガハシル

ムシロ
ムシロノ
ムシオサエ

ムシトリ

ムシオイ
ムシギョウザ

ムシノネ
ムシズシ
ムシシグレ

ムシヨケ
ムシキデ
ムシクヨウ

ムムシムシ
ムムシムシ
ムムシムシ

アア
ムムシムシ
ムムシムシ
ムムシムシ

嗚呼　無蒸し虫

虫虫
蒸し蒸し
虫下し

虫籠
蒸し風呂
虫眼鏡

蝕む
毟る
虫封じ

蒸し焼き
虫干し
虫の息

無視無視
無私無私
蒸し返し

虫売り
蒸し菓子
虫送り

虫食い
虫ピン

蒸しタオル

虫歯
虫螻蛄《けら》
蒸し暑し

無試験
蒸したて
虫酸が走る

寧ろ
筵の
虫押さえ
虫取り

虫追い
蒸し餃子

虫の音
蒸し寿司
虫時雨

虫除け
蒸し器で
虫供養

無蒸し虫
無蒸し虫
無蒸し虫

嗚呼
無蒸し虫
無蒸し虫
無蒸し虫

白泉がそこに立っていた

白泉がそこに立っていた。
そう、あの渡辺白泉が。
その白泉が
ぼくに小さな声で
囁いた。
「うかうかするでないぞ。
廊下の奥を
そっと覗いてごらん。
なにかが忍びよってくるのが、
見えやしないかい？」

白泉がひっそりと
そう囁いた。
「えっ、まさかウソでしょ？　アナタ白泉さん？
うかうかするなって？
なにかが見えやしないかって？
恐ろしいことといわないで下さい。
たしかにそんなゾワゾワする気配が、
しないでもないですけど。」

白泉がそこにスッと立っていた。
そう、あの渡辺白泉が。
たしかにその白泉が
ぼくに小さな声で
そう囁いたのだ。
「うかうかするでないぞ。

廊下の奥を
そっと覗いてごらん。
なにかが忍びよってくるのが、
見えやしないかい？」

って。

［注］

「戦争が廊下の奥に立つてゐた」（一九三九年）。

この渡辺白泉（一九一三〜一九六九年）の俳句を下敷にした。

白泉はこの句を発表した翌年、当局によって検挙された。

ちなみにわたしの父（日本画家）も、そのころ近くの畑で麦の穂を写生していて特高から尋問された。

初期詩篇

羊歯類

わたしたちの眼がいかに植物的であった
か　柿の木坂を下るあふがにすたんの紳
士の姿の　伽羅色にけぶっていた夕暮の
趣を想えば　いけがき一つ越えた少女の
ぶどう酒の味も　すうだんの一夜をける
けごおるのうわさに　むく色をした肌の
すうだん女と深刻がった　人生の寓話も
みんな洗いざらしの思考の塊で　深い谷
間に沈むじゃこうじかの一生にも　霧に
かすんだしだ類の味気なさをおもうのだ

孤りいて

贖われない回廊に孤りいて　一体
きみにぼくの何を贈ればいいのか
終焉のない季節の終わりを告げた
あのはかない水禽のようにぼくも
また　自らの《徴し》を樹の幹に
染めなければならない　あの華麗
な日日　ぼくはきみに　この頑な
記憶を贈ろうか　しかしこの何ん
という軽い生か　きみの速やかな
息遣いにこのような贈り物は直に
萎んでしまいそうだ　あぁぼくは

この回廊にいてきみに贈るものは
ない　出ようぼくはぼくの中から

神意のなかに

ぼくの棲みついていたあの姑息な
領域に　きみの貪婪な愛はいかに
通じるだろうか　ぎこちなくぼく
はぼくにきみが樹であることを希
う何んと見事な生か　再びないこ
の贖いにぼくの愛しみは杞憂のな
いすべてのなかに喪失われてしま
う典雅な原生林を往く詩人のよう
にぼくは裸のきみの翳みのなかに
恍惚りとするのだ　稺《おさ》ないぼくの
少年よ　お前はこのように静かな

かように寂しい牡鹿になれたのだ
調べのない神意の中にぼくはいる

砂よ！

羊歯のあいだから　不意に顯われて
お前の流れに沿って　突っ走る
疾るのだ！　まるで嘘のように
巨きな姿で　光を斜交いにして
お前のなかに　穀物の大きな芽を
見失わないために　ぼくは
すでに　大蟻食になった

樹液が風上に流れた
血の一滴と
死鳥はお前の奥深く　白骨のまま

繁殖する
足の裏で　砂粒を数えてみろ！
そして歴史がいかに　速やかに封じられ
て終ったかを
お前は　疾走して行く一頭の獣を見た
太陽の道程に逆らって　それは
見事に血を吐いて大きく転がり　深く埋
まった
《おお　何と凄まじく逞しい生き方！
かれはきっと空に向けて　飛び立とうと
したろう
神のいない彼処に向けて
砂よ　大きく膨れ上がれ！
ぼくの恋人を孕ませた若木の苗を

食い破ってしまうのだ　青々と　そして
勢いよく
潮目がお前の喉を　胸を　切り裂く前に
死鳥がまた飛んだ　底深く辺り一面
牛を牽く手綱を狂わせて　ひとりの農夫
が
海面を顎にして叫んだ
《オレに縋りついて来るものを　取り払っ
てくれェ！
かれは直に　空を見つけるだろう
しかし　空は高いばかりではないのだ
鹹水《かんすい》が押し寄せて　お前の形象すらはっ
きりしない
藻のようになり　獣のようになる

穴を掘ると　素晴らしい砦になった
ぼくは　咄嗟にいうことができる
《足跡を……あの延々と繋いだぼくの足
　跡を……
　甦らせてくれ！
女！　両足を捩らせしかも胸を振動させ
て
お前のように　冷淡に空隙を映し出すだ
ろう
羽虫が空から空へ　真っ黒く覆いかぶさ
る
骨を炎にくべて見ろ！
脚を　手を翼に替えて見ろ！

空のひろがりから

汗ばんだ空のひろがりから降りて来て
長い丘のつづきで　あったのかも知れない
樹幹をはい　川床をはい
伝説の大きな舟にのって
つかれた人々から遠く　多くの時間を
越えたところに　棲み家を見つけた
弓なりの仕草には水を引く音
（声が秘密になった！）

ひと日　太陽のかげに岩の堅さを刻んだ

微笑の残した茂みのなかを　腰を沈めて駈けた
山すそ深く白い馬は死の音のようにすばやく
叡智に充ちたすばやさで
足の裏がすき透った！
そのとき　そのあなたは大きく起伏する
乳房の姿勢でいうかも知れない
　もっと悪い季節が訪れて……
もっとあたしたちが逃げなければならなかったら
あなたは馴れた様子で　風のように砂地をふむ
　哀しい野牛たちを愛していたい！

動物たちの群れがやって来るのは　洪水の終わり
それもすっかり疲れ果て
狂暴にぼくらの花々を食い荒らすのだ

女であること
あなたは涙で溺れ死ぬ岩魚を
祈りの手つきですくいとる
神！　何と穢れた　何とすばらしい獣の姿で
いらっしゃる
あなたの名づけた男の名前は　あたしの……
……それは黒々と　あたしの領土を飾っている
ばらの茨……
しばく突きさされ　赤く傷つき……
（砂が腰からくずれた！）

牛たちの死骸のかたわらで
ぼくらは　尖った石を積み重ねては
その上を裸足で歩いた

柔らかく転び　小さく叫び　腹に胸に傷つけた
仰向けのあなたの白い腹の上に　赤い実りがある
ぼくは矢張りあなたのなかにいて　呟くのだ
波は高い！　頭を沈めて深く深く草の芽を
刈り採らなくてはならない……

歌

凍った光の中で　ぼくらの歌は
果樹園の園丁を孤独にした
園丁の老いて青黒い唇の内側に
黴臭い苦悩が打ち沈み薔薇の根の細工も
のから
黄色い液体が　煙にかわるのは
そんな日なのだ
《おれはおれの畠を　耕すこともできたの
だ》
岩の配置に狂いがあって　水はいつも
下から上へ　両脇からはみ出し

はみ出したところから　哀しい園丁の棲み
処に
繋がっていた

光の中では
葡萄の幹が　乾いていた
上から上へ　湾曲しながら
果樹園は　傾きかけた方形の寺院のように
空に向けて　展いていた
鳥が舞い降りて来るのは
ぼくらの歌の為だけではない
かれらは枯れ草のように　堕ちて来るのだ
疼く空の形に　羽根を引きちぎられて
ぼくらの領土は　その北方の

封ざされた多くの曠野に広がっていた
限りないぼくらの歌の為に　それはあった
その領土は　白い城砦のように
高く峻しく　また平べったかった
そして　斜めに迫り立った彫像から
鴉の群れが　何度となく　飛び立った
ぼくらの土地は　その季節の始まりに
恢復したのだ

凍った光の中で　ぼくらの歌は
果樹園の園丁を　孤独にした
光の中では尚更に　傷つき易かった
悪い旅にすっかり草臥れた　園丁は
曲がった樹の下で　鳥の羽根を一枚一枚炊
いた

煙は地面を匍い　樹を匍って
空の箇所まで曲がりくねって　匍っていっ
た
《種子も実らずじまいだ　畠は洪水だ》
かれの空に　生き物の羽根が
その捲れあがった表皮に　へばりついて
風は丘陵地帯の　枯れた弔問者をみたし
耳殻に訃音を散らし
したたか冷たく
そのときに　視界を絶っていった
弛んだ樹々の生気の上を
そして続く
いくたびかの　気流の肌目のうちを
ぼくらの歌は　天体の縁を掠めて
ときに　毒素を人々のうちに肥らせ

ときに　瞑《かす》かな植物の営みに食い込み
やがて大きく旋回しながら　上昇するのだ
鳥のかたちさえ亡くなった　溺死の
方形の砂場に向けて

春

既にやって来たところから手を目を出すな！
いま　嫩芽《どんが》を威勢よくひき抜いて行く悪い男たちの一団が
まばゆい岩の頂からさがって来ようとしている
うららかに萌えすぎている春よ！
ふか手を負って一時も癒されることのないおまえの大地に
鍬を入れ　ぼくの胎児をうえつけようか
盗まれようと身構えている雑木林に

あしを数本さしこみ　盗賊どもが姿勢を
くずして行く
地をよこばう野ねずみを他愛なく死の方
へ押しやって

そんないつまでも傷つかなければいない
のか
春！
おまえの大地に足がたをつけて　獣たち
が跳びまわる
そして　樹々はかたくなに身をとざすこ
とをやめて
上にふき出し　根毛を深く地の内側には
りめぐらす
鳥！

子供の恰好で鉄砲うちが　背の消える地
点をまわるくえがいた
あの黄色い帽子はどうだ
禁鳥を射落とす勢いでどなった
うえ　すげえ崖だ　赤くひんむけてやが
ら

ところが春よ！
おまえの視界をはなれずに　あの罪深い
鳥どもを呼びもどす
ぼくは手品師
赤いさいころを転がす手つきで
おまえのすべてを総ざらい　腹の上にす
くいとってもよいか
曲がったものどもの結婚よ！

山を二つ背負って歩くがいい
（くろいあげはの舞った海を誰が見た）
種！
おまえの種を妊ったこむすめたちが
白い背をしりを穴を　大きな花のなかに
ささげている
かすかに果肉の匂いのするその穴を

穴！
たしかな手応えを求めてその肌を
するする登る鼬野郎！
へ　とんでもねえ…………神も知っての
通りのおれさまさあね
…………とにかく悪かあないやねぇ

もしも春！
おまえが許すならきっとぼくは　おまえ
のもとなどに生まれて来なかったろう
すくなくとも　茨のとげとげをもって
ばらのように花さかなかった
畠を乗り越えて百姓の腰が光った！
朝　女房の拷問からはなれたあの腰つき
だ
子供をごっそり籠に入れ　子孫で満開に
なった部落に表札をかける
花！
すべては花だ　おまえの彩りはみにくい
花
野鳥がぼくの踵に食い入ってはなれない

もう一度行くことはやめよう！　あの雌
性の切り株に

岩かげを出て　流れに沿って歌が過ぎた
春を奏でる詩人はもはや石にかぶさって
すべすべした肌を燃やしているに過ぎな
い

川原を行軍するうたい手は　女でも男で
もなく
匂いのないただの風
悪童連が柳のむちで風を切りさいて　宵
の空に逃げ去った

午

多淫な女どもをぶっ殺せ！
蒲の穂でせっせと磨くがいい
朝！
口を漱ぐ川の幅を　掌で測る
水源は石を割って　むすめを産卵する
正午！
出始める馬鹿げた不平を　肩いっぱい背負って
オレは彼らの商いする市に　下りていく
オレの下りていく道筋を　幸福そうな男たちの一味が

日陰を拵えながら　隈なく探索していく
収穫は野豚の尾っぽか！
どん尻が大きな牛の一頭を　まるまる引
き連れ
頂上を目指す

地よ！
光の届かぬ林のなかで水平を保つのは
どだいが無理というものだ
春がお前を肥育するように　豊かにはい
かないものか
噴出する火口の淵を　駆け抜けるとき
燃え滾《たぎ》るひとりの男を囲繞する　人間た
ちの群れをみた
傾斜から赤く剥き出しのチョッキ！

メス豚を小舎に引きずり込んだその男の
股ぐらに
斧を入れ　数斤の肉片を切り落とす
（唐辛子の頭は辛い種がいっぱい）
百姓！
肉屋！
刑吏丁！
あの墓掘り人の無愛想な帽子！
見るがいい　あの滑稽な鳥の止まってる
眼を
そうさネ　アンタの女房の湯巻きはアン
タの涎でズタズタ
早暁から剥き出しの　乾いた太陽
螟虫《めいちゅう》を食らう太陽

髄の先から下　女房の陰にナニを弄ぐる
盗っ人を
サア　枯れ草もろとも焼き払おう
《あれェ　アンタのおなかはいつも　温かいねェ

バンプ！
ＶａｍＰ！
人類始まって以来の番兵
あの商売用の布地で三回ナニを擦る習性は
ヒエソスがみっちり教え込んだものに相違ない
長靴のあいだから異臭を漂わせ
左官屋の大将が片手を振る

《穴を洗いたいんだ　手桶にオイラの麺棒
を詰めて来てくれ

ヒジキだ！
蕨！
巻き毛！
湯屋の尻当て台に
色違いの陰毛を採集
夏休みの自由研究
湯気でひしゃげて巻き返し
この犬畜生め！
とんだやくざ野郎だ！
大きな棚から採集箱をおろし
ピンセットで子細により分ける
ＤＮＡの明細を添えて

毛根に人類生誕の秘儀を
明滅させ　性欲と生育の史実を刻む

吊るされた腸詰め
吊るされた裸電球
吊るされた宙ぶらりんの時間のなかで
肉屋はいままさに　大鉈を振りかざし
カレの生け贄の仕置きに取り掛かる
分厚く切断されて鮮血まみれの
切り株を　俎がわりに
その生け贄の背骨と　背後を流れる時間
とを
同時に　真っ二つにぶち割るのだ
カミさんはカミさんで
大きく開けたミート・チョッパー（肉挽

き機）の口の中めがけ
赤身の肉塊に　白く脂身の浮き出した
肉塊を
放り込む
汗を滴らせ　カミさんは
腋毛の辺りを　掻き毟りながら
《さあ　雌豚と雄牛のミンチはいかが！
出来たてほやほやの　ミンチボールは
いかが！
その際を　疥癬病みの牡犬が通り過ぎる

海鞘（ホヤ）！
海鞘（ホヤ）！
その魁偉な　そのまた怪異な面構えに水
を張り

如何物食いの玉筋魚（イカナゴ）に
蝮野郎に章魚（タコ）　烏賊（イカ）　平目を並べ
男根に似せて海松（ミル）があり
女陰に似せて馬鹿（アオヤギ）がある
《さあ　見ては楽しみ　やったら楽しい
当たって砕けろ　腐った魚
お買い得だよーっ
出刃叩いて　柳で殺いで
捌いて三枚　開いて二枚
風に晒して極楽往生
潮の香りに冥土の土産
さあさあ　お買い得だよーっ

そして　オレは市場を出る
午の太陽が容赦なしに襲う街区を

否応なしに左に折れ
ランチタイムの暖簾を潜る
「蜂の巣城」
蟹の甲羅に　干し海老とマトンと生姜の
ミンチの詰めものに
極上のスパニッシュ・ワインを注文
ブロンズの碧眼の淑女の凌辱されている映
画の
ポスターを眺め　オレは独り
脳下垂体の異常に戦きながら
昼餐の儀式を終えるのだ
女たちがざわめく
一人の破廉恥な男が取り押さえられ
女たちが
一斉に囀る

オレにとって　その奴はオレの影みたいな
奴なのだ！
恥辱！
顔を赤らめオレは店を出る

午！
午！
午の日差しは色濃くその影を
舗石に焼き付け　オレの影も色濃く
女房たちは街路樹の影のなかを　乳房の
姿勢を崩さず
踵の高いヒールを躍らせる
砂防林のきわ
いや　教会堂の高みから
糒《ほしいい》を頬張った女が転げ墜ちる

女？
鳥だ！
戦を囃す鳥だ！
油断なく見張らなくてはならない
沢山の悪党らの蝟集する広場はどこに
大きな掛け時計を背負って　誦経の乞児
たちが走り廻る
広場に！
ひとつひとつ墓標を巡る午の太陽よ！
もはや　残されたオレたちの回路は醜悪
な呪文ばかり

そう
呪文のかかった領域に足を踏み入れてみ
れば途端に

蟻塚の群棲し重層する共同住宅が
肥大化した無思慮無分別の支配する空域
の内部に取り込まれ
自己欺瞞が蔓延するブラックホールに墜
落して行くその渦のなか
水道塔へ！
欺瞞水！
浄水器！
消費者協同組合！
その小さな丘陵地を降りると
児童遊園地と町営葬祭場と共同墓地とが
隣接して拡がる
立て籠もる煙突の煙は　遊具の上を棚引
き
児童らの嬌声に彩られ　死者に対するレ

クイエムを奏でる
オルガンの荘重な響きが流れる
つまり　死者への弔い
棚引く煙は惜しむ　死者を送る葬列
哭く男　哭く女

吠える犬　微笑む婦人
石畳に零れる二つの影
御影石のベンチに横たわる男に　鳥が襲う
見よ！
天空は雲一つなく　あらゆる天体がきらめく青の
深みのなかに隠されている
深く広大なその領域から　七色のスペク

トルと熱線を送り届ける　唯一の天体
それがお前だ
午後の太陽よ！
衰えることなくその輝きを送り続けよ
葱坊主！
唐辛子！
落花生！
糞ころがし！
積み深き罪人共よ！
おお　鯔背《いなせ》な坊さんたちよ！
坊主
坊主
坊主
女房たちの胸を　わし摑み
繰り言だらけの説法を垂れ流し

鮮血滴る牝牛のビーフステーキを平らげ
よ！

午よ！
さすがの午よ！
斜めに傾く赤むくれの崖　勢い余って
黒い山羊の軍団が転げ墜ち　転げ墜ちる
ざっくり開いた奈落の口に
転げ墜ち　転げ墜ちる
（底深くは煮え滾《たぎ》る熱湯地獄）
オレは　幻覚の一片を切り取るように盗
視し　透視する
閃光のごとくの素早さで　女の股間めが
け差し込まれる
鋭く細い牡山羊の陰茎の先を　見逃すは

ずはない
木槿《むくげ》の繁みから
女が叫ぶ
《よして！　わたしの優しい牡の獣たち
　を許してあげて
神よ！
錯乱する女を制裁せよ！
やましい行いに制裁を加えよ！
赤むくれの崖に　傾く太陽の最後を見届
け
午よ！
凌霄花（ノウゼンカズラ）よ！
梔子（クチナシ）よ！
オレは
微睡《まどろ》みかける町をあとに

流れに沿って　川筋を遡行し　山路を匍匐し
瓦礫を越えて　帰還を果たす
（誰そ　彼は………どきに）
明かりを灯し　火を起こす
（外で　水を引く音）

詩への架け橋

吉岡實「僧侶」を読む

1　僧院と四人の僧侶

この詩はみての通り、ある僧院に属する四人の僧侶の日々の生活とその顚末のさまが、九つの章にわたる構成によって語られる。その形式は極めて簡潔であるが、内容はかなりミステリアスにしてスリリングである。

まず四人の登場人物、僧侶たちに注目してみる。

ひとりは、実直そうでいて世事にたけた万事そつなくとり仕切るかに見えるタイプ。ひとりは、ひとの罪科については容赦なく、また頑迷なまでに正義を貫こうとする強権的なタイプで、密かに殺戮器具を調達にいく。ひとりは、好色にして肉欲を容易に抑えることのできない煩悩さながらのタイプで、魚の姿で川へ女中の股ぐらを覗きにいく。そしてあとのひとりは、極めて生真面目で戒律的に厳しく、何事にも不寛容で融通のきかないかのようなタイプ、といった具合だ。こう分類してみるとすっきりはするが、この詩を通読してみるかぎり、そう一筋縄ではいかないのがこの四人のような気がする。どうもその都度、場面ごとでそれぞれが演じ分けている気もしないでもない。そのうち二人は肥満で二人は痩せぽち。ともに剃髪し黒い僧衣をまとっている。それぞれの年齢は不詳である。

そんな俗世間の人間たちをまるごと映し出したかのような、四人の僧侶たちの僧院生活の日々を追っているのだが、いかんせんその内のひとりは早々に殺されて死者である。そのいきさつは、四人が園内をそぞろ歩きをしている折り、そのひとりがなんの罪科も憎しみもないのに棍棒で、ただ「若さ」と「女である」というだけの理由から執拗に叩いたがため、逆にその女によって殺されてしまったのだ。だから、その後の僧院は残る三人の生者と死者一人。

ところが皮肉なことに、死者となったこのひとりが、ことごとくこの全体の流れのなかで生きてくる。それはこんな具合に。「………／非常に高いブランコに乗り／三人が合唱している／死んだ一人は／巣のからすの深い咽喉の中で声を出す」し、「………／一人は死んでいてなお病気／石塀の向こうで咳をする」などと陰でさかんに負の声を発する。といった具合でその死者の一挙手一投足がこの詩のなかで重要な役割を担って、およそ通奏低音のような働きをもって終始全編に及んでいることがわかってくる。それどころか最終的にはこの死者が、僧院の終焉を迎える幕引き役になっていることは確かのようなのだ。つまりキーパーソンなのである。

2　僧院と僧侶たちの末路

四人の僧侶
一人は寺院の由来と四人の来歴を書く
一人は世界の花の女王達の生活を書く
一人は猿と斧と戦車の歴史を書く
一人は死んでいるので
　他の者にかくれて
三人の記録をつぎつぎに焚く

これに続く次の章は圧巻である。というより何やら自虐的で破滅的な雰囲気をただよわせる。「ひとりが枯れ木の地に一〇〇〇人の隠し児を産み、ひとりがその一〇〇〇人の隠し児を塩と月のない海に沈めて死なせ、あとひとりが地上の死者一〇〇〇人の足と生者一〇〇〇人の眼を秤で量ってみて、その重さがまったく同量なのに驚く。それを石塀の陰から盗み見ていた死んでいてなお病を患っているひとりが咳をする」ここで大団円であるが、この「咳」が引き金になったかのごとく最終章では、残る三人の僧侶と死んだ僧侶の思いもよらない集団自殺によって、ぬしを失った僧院は打ち捨てられ、無住のまま廃墟となり果てることになる。しかも彼らの死が終わらない限り無残にその姿を晒したままに。

しかし、わたしたちはこの顚末を知って、死んだひとりに結局焚かれてしまうのだが、前々章で僧侶たちそれぞれがこぞって記録を残そうとしていたことを思い起こす。彼らはすでにこの時点で覚悟を決していたのだ。そして決行日、破滅的ともいえる行為に及んだわけだった。それにしても、どこでどう僧院生活の歯車が狂いはじめ、崩壊の危機を招くことになったのだろうか。

溯って思い返してみればひとりの僧侶の死と、その喪失によって始まったことを知る。敢えていうならば、仲間のひとりが女に逆襲されているとき、他の三人は一体どうしていたかということだ。か弱い女の攻撃をうけての死とは一体なんなのか。そのあいだなんの手助けもしなかったということなのか。その場面を静観してみていただけなのだろうか。仲間を見殺しにしたあとその死をもたらし、罪を犯した女を目の前にして罰してもいないのか。戒律に厳しく規範をしきる者を失った結果、組織そのものが弛みバランスを失って維持しがたくなる。また綻びから外的要因の影響を受けやすくなり、生産性も落ち自給自足が原則の僧院経営が破綻し、「生産収穫がないので」という情況に至ったわけだった。

3　僧院崩壊と現実世界

………

世界より一段高いところで
首をつり共に嗤う
されば
四人の骨は冬の木の太さのまま
縄のきれる時代まで死んでいる

これがすでにわたしたちの知る「僧侶」に描かれた四人の僧侶たちの顚末であった。凄惨であるがさりとて陰惨ではない。むしろこの結末は、乾いた空気が張り詰めて清冽にして鮮やかである。その残像はわたしたちの脳裏に強く焼き付く。「首をつり共に嗤う」。僧院生活ではかつて一緒に「哄笑」したこともなかった四人が、ここにきて初めて高らかに嗤ったのだ。「世界より一段高いところで」、世界に向かってあざ笑うかのように彼らは、冬の木がそうであるように縄の朽ちる時代まで骨の形のまま翻っている。ここにこの詩人のもつ諧謔味たっぷりの冷徹にして、冴え冴えとした批評精神がある。

そして詩人がここに提示したのは、「僧院」という中世的にして寓意的な舞台を借りて、現代文明のもついかがわしさや危うさを暗示して描き出すことだった。「洗いきれぬ月経帯」、「深夜の人里から押しよせる分娩の洪水」、「赭い泥の太陽を沈めた」、連発される比喩の数々がそれを示している。

人口爆発による地球の危機、限られた資源や食糧の奪い合い、これらは近未来に必ずや待っている現実である。それに加え地球規模の高温化、焼けただれた地球に何が残るというのか。分かっていても止むことのない人類の限りない欲望の膨張のはて、そこを見据えたかのように詩人は、鮮やかに詩的現実として編み上げる。それがこの詩「僧侶」の意味するところであった。

とり敢えずわたしの吉岡詩「僧侶」についての読解を終わりたいと思うが、現代を代表するこの詩人の言葉の錬金術師のごとき、硬質でいてきらびやかな語彙の数々とその暗喩（メタファ）の豊かさを充分、賞味してほしい。そこでは、日本語の豊かな鉱脈から埋もれた語彙の採掘とその再生がはかられ、わたしたちの脳髄と感性に新たな感興をよび起こすことは請け合いである。

日常にあってなお—このミステリーに満ちたもの—

わたしの脳裏にはいつのころからか、日常がついてまわっている。

朝、目覚めるとはじまるこの日常というものをわたしたちは、当たり前のようになんの不思議もなくその日その日をはじめている。快適なときもあれば不快なときもあるが、大概はどちらということもなしに目覚めているのが普通だろう。そして、その日がはじまる。天気のときもあれば雨のときもある。日曜日のこともあれば木曜日のこともある。もっといえば季節、季節があり、祭りがあったり、お盆があったり、正月があったりするけれど、普段は普通の日が続く。この普通の日というのがわたしのなかの日常というものに違いないのだが、いったん定義しようとすると思いのほか、簡単のようでいて容易でない気がする。いったい一般にはどんな風に捉えられているのだろうか。とりあえず、その語義を市販の辞典のいくつかにあたってみる。「つねひごろ。ふだん。平生。平常。」(「広辞苑」)。

「通常のこととして、毎日繰り返している事柄。」（日本語漢字辞典）。「普通の事として、毎日のように繰り返し行われること。」（新明解国語辞典）。

では、あらためてつね日頃からわたしの脳裏を占拠している「日常」とは、いかなるものかということになるが、これがいたって当たり前の毎日のことだし、その繰り返しのなかにわたしもいるわけで、際立った何かがあるわけでもない。

朝起きると、その日がはじまる。まだ眠気の覚めないその頭で、その日の予定を思い起す。朝刊を取るとき、玄関の鳥の黒い蔽いの布を取ってやることを忘れない。そして、「お早よう」と声をかけることも忘れない。そこからその日が始まっていく。夜は寝るまえに少量のアルコールを身体に入れる。その変哲もない繰り返しの日々のなかを、このわたしもごく当たり前のように送っている。そんな当たり前の日々の繰り返しだからこそ、むしろこのわたしを突きうごかす動機のような何ものかが、そこに潜んでいるような気がするのだ。それが何かいまはわからない。

ひとの世であればどこでも、そこに誕生があり、青春があり、老いがあり、死がある。学校があり、会社があり、職安があり、国会がある。鉄道の駅があり、百貨店があり、スーパーマーケットがあり、寂れてはいても昔ながらの商店街がある。ひとの周密する都会があれば、田畑や果樹園の広がる村々もあり、大漁旗をかかげて賑やかな漁村もある。そうしたなかで日常というものが営々と営まれている。それはわたしたちの日々の生活の隅々にまで浸透しているだけに、いちいち意識されないのもこの日常というものなのだろう。人々の意識されないままに流れているこの日常というものが、はたしてどんな色合いをしていて、どんな相貌をしたものなのか。

わたしは、昭和の戦中から戦後にかけて育った世代だ。もちろん第2次世界大戦における太平洋戦争である。相手は物量にまさる英米であり、その終盤には日本の都市という都市は徹底した空爆をうけ、最後にはご存じのように地球上初となる核物質が、広島と長崎の上空で炸裂するといった日本の軍国主義体制にとって壊滅的ないくさであった。いまならば、もの凄い時代を通って来たものだなということがよくわかる。しかし、当時は非常時といわれ、時局といわれ、成年男子であれば「赤紙」一枚で有無もいわせず、いつ戦いの場に送り込まれてもおかしくない日々でありながらも、人々にはかけがいのないその日その日の家族との暮らしがあり、それにともなう日常があった。灯火管制がしかれ警戒警報がひっきりなしに鳴るようになっても、ただただ脅えて耐えているような暮らしばかりがあったわけではない。食糧事情は日に日に悪くなってはいったが、そこには笑いもあったし歌もあり、贅沢をしなければ娯楽もあったし、恐らく恋もあったろう。そんななかでわしたちは、少国民とよばれ次代をになう軍国少年とされていた。そして、敗戦を迎かえた。

こうした時代を背景にした日常も当然あったわけで、極端なはなしを敢えてしているわけではない。いまも中東やアフリカでは、自国のなかでの諍いで戦火を交えている国々があり、この地球上にそれこそ戦禍の絶えたためしはない。そこにもそれぞれの日常があり人々の暮らしがある。日常はどんな状況のなかにあっても、つねにそこには人々の息づかいがあり生活のにおいがある。竈があり水場があり子供の声がする。こうした変事のないことをわたしたちは望んでやまないが、この世界はいまだに弱肉強食が幅をきかせており、それをいいことに欲望のかぎりをつくしては、この地球のいたるところをごく当たり前のように、猟場にしている浅ましい国々や、卑しい人々のいることをわたしたちはよく知っている。

この地球上にはさまざまな国々や民族がある。そこに異なった言語があって宗教があり、それに伴う人々の暮らしがあり、日常がある。暮らしを支えるスークがあり、広場には人々の騒めきがある。そして、マグレブにはマグレブの、サハラ以南のアフリカにはサハラ以南のアフリカの、アナトリア高原にはアナトリア高原の、イベリア半島にはイベリア半島の、ブリテン島にはブリテン島の、スカンジナビア半島にはスカンジナビア半島の、ロシアにはロシアの日常があり、ケベックにはケベックの、ニューヨークにはニューヨークの、オアハカにはオアハカの、ボリビアにはボリビアの日常があってしかるべきであり、ポリネシアにはポリネシアの、バリ島にはバリ島の、インド亜大陸にはインド亜大陸の、ブータンにはブータンのそれぞれの日常があるのである。それは、早朝から鳴り響くコーランの朗誦だったり、スーフィ教の天上にむかって回転する踊りだったり、カテドラルを轟するキリエの荘厳だったり、ビッグベンの正午を告げる鐘の響きだったり、ブロードウェイの夜の開場を知らせるベルの音だったり、インディハナの奏するケーナの風の音だったり、リンガスを祀る寺院の犠牲の山羊の鋭い悲鳴だったりする。わたしたちはそこに様々な世界があることを知る。そこに流れる時間はじつに様々であり、その日常の様相はそれぞれに異なる。

それをあからさまに見せつけるのが、たとえていえばインドという国だ。コルカタやムンバイといった大都会の喧噪のなかに入ると、これほどまでに異質な世界があったものかと思ってしまう。それはその猥雑までの喧噪ぶりだ。その原因はというと、多くの人々のざわめきやさまざまに行き交う車などの騒音のせいばかりではなく、それぞれの人々がそれぞれのもつ時間に係わりあうことなく、お互い同士が勝手がってにあるようなそんな様相をみせているところだ。いわば秩序なくごったがえしているといった印象なのである。

そのうえに、お役御免となった背中に瘤のあるセブ牛たちが、われ関せずといった面持ちで、そこいらを思い思い徘徊したり寝そべったりしているのだ。その放置された大きな糞の塊りをさけて通るのも容易ではない。そこに都市近郊の農村地帯からあぶりだされて来た路上生活者たちの集団があり、喧噪のうえに喧噪を加えている。その人たちが人目もはばからず、共同水道で水浴びしている光景など、めったにほかでは見られるものではない。何といってもこのインドの凄さは、なにひとつ隠すことなくあるがままの姿をさらけ出して、平然としてあることなのだ。恐らくわたしたちが、この人たちの日常に溶け込もうなどとしたら、とてもでなく容易なことではないだろう。ここに、インドの時間のなかにその日常のありようを覗いてみた。そこにわたしたちの通常の知覚をはるかに超えた異質な時空間をみる思いがあった。建前と本音を使い分けるわたしたちの社会とは本質的に違っているのだ。そうとはいえ視点を変えてみればわたしたちの社会にあっても、その場その場の環境や境遇によってみれば、またさまざまな日常のありかたの違いがあるように思える。刑務所には刑務所の、屠殺場には屠殺場の、精神病棟には精神病棟の、とりわけ刑務所では収監されている死刑囚と無期懲役囚とのあいだでは、きわめて対照的な時間と日常があるのではないかという想像がはたらく。(誰しもそうした経験者は少ないだろうが。)

一方はいつ死の宣告があるか知れないきわめて切迫した、一方は狭い獄舎のなかでくる日もくる日も、ただただ日を送るだけのきわめて退屈な、そうした時間のなかにふたつの境遇の異なった日常があり、同じ収監舎棟内であっても相入れない別々の日常が営まれていることになる。それはわたしたち一般社会のなかにおいても、あるいはあり得るひな型であるような気がしないでもない。切羽つまり思いあまって、明日にでも投身自殺をしようかと考えている人が、そこにいるかも知れない。そうかといえば、明日にも祝言を控え浮き浮きしているふたりが、そこにいるかも知れない。そういう意味からいっても、一般社会においても、個人個人にとってもこの日常というものは、じつに奇々怪々なものであるといわざるを得ない。

そして、精密工場には精密工場の、公設市場には公設市場の、裁判官には裁判官の、被告人には被告人の、ビル管理人にはビル管理人の日常があり、意識されないままにわたしたちの喜怒哀楽もそれぞれのうちに含みこまれて日々を過ごしていることになる。しかし、突然そのとき一発の凶弾が放たれる。そうした事態が予測なしに起こる。最近アメリカなどで多発しているこうした事態が起こったとき、一転して日常が切り裂かれ裂け目があらわになる。そしてトンネルの天井が突然崩落し、何台もの車が巻き込まれ下敷きになったとき、そこにも修復のつかない日常があらわになった。その最たるものがマグニチュード9・0の地震が襲ったあと、想定を超える大津波が街を呑み込み、逃げ惑う多くの人々の命を奪った三陸の東日本大震災であった。まったくその日も普段と変わらない朝を迎え、普段どおりの日常がはじまってたのに、それは前触れもなくやってきた。

わたしたちが普段、生活し暮らしているなかで、とくに日常が喚起され意識されることは、ほとんどないといってもいい。その日常が喚起され意識されるのはきまって、そうした不幸な事故や不慮の災害に遭遇したときが多い。東日本大震災では、三陸の海に面した街という街を何度となく襲いかかる大津波の映像が、くり返しくり返し液晶の画面に映しだされた。それを目の当たりにした多くの人たちは、そのあまりの凄さに震撼し、そんななかでわたしたちの多くのものは、近くに暮らす人たちとの繋がりや、親しい者同士の絆といったものの大切さを思い知らされ、しみじみと日常の大切さを感じることとなった。そんな日常をわたしたちは、ずっと何事もなかったかのように生きてきていたのだった。

それより何より世界中を震撼させたのが、そのあとに報道されることになった東京電力・福島原子力発電所の臨界事故だった。それは原発の立地する周辺地域の人々に、放射性物質にたいする恐怖と故郷の喪失という苛酷な現実をつきつけるものだった。同時にこの事故の恐ろしさは一過性のものでなく、継続的であり限りなく広がりがあるということだ。それは気象に国境がないということに係わる。そのいったん、漏れだした放射性物質が半減、消滅するのに何十万年という歳月が必要になるということを知っておきたい。こんな危うい時代を生きていかざる得ないとなると、だれの責任か問わざるを得なくなるだろう。

事故や災害、戦争やテロといった変事をうけることで、わたしたち人間はそのとたんに平常心を失い、いったんはそこに存在するはずの日常からも逸脱する。そして精神的な平衡を失いかけたところで、普通の人間ならばしばらく時間が経過するにしたがい、その経過のなかで日常をとりもどすことになる。人間には非常時には非常時に対応する能力が備わっており、その習性があるからだ。この対応能力にしろその習性は、人類が森の樹を降りたときに、とくに身につけてきたものに違いない。事前に危険を察知する能力もそうだろう。文明が進むにつれそうした能力が減退してきたとはいえ、いざというときに力を発揮する。

負って立つ時代、負って立つ国や地域、負って立つ民族や宗教によってそこに広がる日常の様相や色合いは、さまざまであり多彩なものとしてこのわたしの目には映ってきた。個人にとってもその時代や年齢、属する集団や階級によってそれぞれに違ってくる。それが日常というものの色合いであり、相貌であるかのように思い込んできた気もする。どこか思い違いや勘違いがありやしないか。人間同士は争ったり、災害に出遭ったり、事故や犯罪に巻き込まれたりしてあたふたしているのに、日常は変幻自在でどんなときにでもそっと寄り添ってくる。わたしたちにとってこの摩訶不思議でミステリーに満ちた日常とはいったい何なのか。

そこでいまわたしは、これまでのことを踏まえていえば、あらためてこういう風にいうことになるだろう。日常であるということは、あくまでもわたしたち人間の側の問題であって、日常といわれる側に謂れはないということ。つまり、変事に遭遇したときに即座に起こすであろう、その事態に対応するわたしたちの認識のしかたであり、意識のされかたなのだと。またわたしたちの感受性の問題にも係わってきそうだということだ。つまり日常とは、わたしたちがこの世に暮らして生きていくかぎり、日々そこに現れる意識もされることもなしに広がる、限りなく透明で無味無臭にして無為なるものであるに過ぎない。ということは、日常がもしミステリーに満ちているものだとすれば、それはわたしたち自らのうちに起因するものであって、いわばわたしたち自身がミステリーの中身そのものなのであると。

あとがき

後半に収めたのが初期作品で、およそ一九五〇年代後半、十代の終わりから二十代にかけてのものである。散逸しているものもあるが、はじめに載せた「羊歯類」がおそらく詩の様式を意識して書いた端緒になったものであったろう。

十八文字十行の矩形内に収まるようにかいている。（あとに十五文字十三行になる）。やや自動記述的な要素を含んだ書きぶりである。そんな気取ったところからわたしの詩は始まった。その詩的内容はといえば、どれもこれもあくなき女性への憧憬につきるものであった。決して生身の女性ということではなく、あくまでも憧れは女性性そのものであって、むしろ生身の女性からは距離を措いたものであったことが分かる。頑なまでに幼いボクのなかの少年よ！その殻からいかに脱出できるかといったところである。まだ夢見る少年であったのだ。それも「歌」「春」あたりになるとかなり様相が違って来て「午」という作品を書くことになる。

その概要を記すならば、ジェイムス・ジョイスの「ユリシーズ」におけるスティーヴン・ディーダラスのごとく、朝からはじまるその一日を主人公のオレが、カレらの商いする市のある街（オレを限りなく疎外する人々の）に下りて行き、そのオレという自我がそのたぎる欲望を抑えこみながら、彷徨してまわる様を描くものであった。ギラギラと照りつける午の太陽は、何ひとつ隠すことなく地上のありとあらゆるものを炙りだし、雑多な人々の蝟集するその異形の街区を現前させる。主人公は、紆余曲折を経ながらもそこを通り抜け、陽が傾くなか自分の棲み家に、まるで長い航海を終えた後のように生還をはたす。というものであった。

そしてそれを書き終えるとわたし自身、もう文学でもないといわんばかりにここを先途と、もっぱら絵画の表現に専心することになる。時はまさに、アンフォルメルやアクションペインティング真っ盛りの季節であった。あの姑息な世界を脱し、思いの限り奔放にペイントを滴らせる表現世界に巻きこまれ行く。そこに「風を聴く」シリーズが生まれ、「ベラ・バルトークについて」のシリーズが続いて、いよいよ絵画がわたしの表現世界の中心になって行く。白い画面の絵画がしばらく続くと、シーツに皺をよせた作品に展開し、やがて絵画には収まり切れない表現の世界が訪れる。時々刻々の気温の変化を目の当たりに見せる「只今の水温」であり、ドラム缶に蛍光管と白昼電球を使った「ライト・ダスト」であった。本物の蜘蛛を使った「蜘蛛の巣」計画は不誠実な蜘蛛たちによって無残にも失敗には終わったが、それはそれで後の表現の糧には十分なった。その後の長い展開をもって今に至るわけであるが、それをここに延々と綴るのは本意ではない。何しろそれには、半世紀に及ぶものになるだろうから。

ところでそんな時期にあっても詩心忘れがたく、ときおり言葉が下りてくるとその都度、紙に記すことを忘れずにやってきた。印象の深かったインドの三部作とか、特にアメリカのイラク参戦以降、玉突きのごとく起きる諸々の戦についてのことや、最近この国でとみに気にかかるようになった改憲の動きや、それにまさる戦前回帰の機運（国家神道の復活を謀る政治的兆候）などに触発されることが多くなった。「お相手はジョージ」や「白泉がそこに立っていた」はその典型だし、「どこへ」「類語集」「気配あるいは水準器」などもそうした時代相を感じつつ書いたものである。新世紀に入っては普遍的な価値であったはずの民主主義すらが問われ、リベラルの勢力が後退し、これまで世界で支配的であった西洋の価値観であったものがどこか凋落しかけているのでないか、あるいは既に凋落の一途を辿っているのではないか、と思いたくなるような事態が目立つようになった。そうしたところにわたしの詩の発生源があるとしたら、何ともやり切れない思いがする。しかし、どうもそれが現実のようである。

この詩集を編むことになったのは、人生一段落着いたところで（正直いって着いているとは思ってもいないが）、世間でいうところの若気の至りであった数編の詩稿を見て、以前だったら顔を赤らめてしまうところだったが、歳の功というものかまるで孫でも見ている思いになってしまったのだ。日に日に陽の目を見せてあげたいという思いが募って来た。そんなときわたしの若い友人・五島三子男さんが、本でも出してみたらと背中を押してくれた。丁度、五島さんとも共通の飲み友達でもある青娥書房の関根文範さんの纏めてみましょうという一言で、初期詩編以降の作品と足りないところに散文を加えて、この本とすることになった。そんな次第で五島さんには表紙の作品とカットを提供してもらい、関根さんには面倒な編集を引き受けてもらうことになった。

お蔭さまで素敵な仕上がりの本になり、お二人には大変感謝しています。本当に有り難うございました。

二〇一七年春　**中島けいきょう**

中島けいきょう

1936横浜生。シェル賞美術展。ACCサンデエゴ美術展。現代日本美術展。スウェーデン・ウベボダ彫刻シンポジュウム。現代日本版画と写真の展開ルーマニア展。ニューデリー国際アートフェステバル。日韓国際美術展。他個展・グループ展多数。元神奈川国際版画アンテパンダン展委員長、版画集団「版17」メンバー。パブリック・コレクション・横浜市民ギャラリー、チェコ・ナショナルギャラリー、沖縄・佐喜真美術館。

詩集　**鳴呼　無蒸し虫**

二〇一七年五月一〇日　発行

著　者　中島けいきょう
装　画　五島三子男
装　丁　石川勝一
発行者　関根文範
発行所　青娥書房
東京都千代田区神田神保町2―10―27〒101-0051
電　話03（3264）2023
FAX03（3264）2024
印刷所　モリモト印刷

ISBN978-4-7906-0347-4 C0092

＊定価は表紙に表示してあります